东方自然风插花系列
Oriental Natural Floral Design

花涧小拾

倪志翔 贾军 ◎ 编著

中国林业出版社

Collection Along the Floral Rivulet

序一

东方之美　唯崇自然

　　与志翔君相识多年，对于他所创立的"东方自然风"花艺风格，以及在花艺领域业已取得的斐然成绩，始终以极大的热情予以关注，并深表敬意！

　　国际花艺界潮流变幻，中国花艺如何走出自己的风格之路？在花艺研习上多年积淀的有识之士无不探寻。百花齐放，百家争鸣，花艺研究之繁荣，还需倚赖业界精英共同努力。在下不才，喜观各大流派初露锋芒，在此之中，志翔君所创立的"东方自然风"，带来了一股清新的自然之风，如春风拂面，绿川净水。

　　志翔君早年拜名师学艺，对中国传统插花、西方商业花艺，多有心得；两届"世界杯"花艺大赛拼搏，一时独步。志翔君花艺涉猎之广，尤其立身国际花艺前端之勇，迄今为止堪为业界楷模，然而其终究不失本心。

　　回归自然，是人类精神世界最美的追求。中国人自古崇尚天人合一，起源于中国的东方插花，因其移花入室，心花相印，怡情悦性，寄托深远，观之每每心动神摇，遐思万千。东方之美，唯崇自然，自然之"名"，却盛于欧洲。志翔君殷殷赤子之心，借欧洲自然风元素，而融中国传统文化为魂，厚积薄发，独树东方自然风一帜，开山立派，功莫大焉，名师风范终显而声誉日隆。在下每每闻之，莫不感佩。

　　路漫漫其修远兮，吾将上下而求索。

　　与志翔君相知，感其年少有志，天资过人，家境窘迫之下，一力打拼，坚忍不拔。今日之成绩，乃无数日夜之辛劳，而明日之成就，又需呕心沥血。

　　真诚祝愿，志翔君在花艺之路上矢志不渝，前程锦绣。

　　今志翔君多年花艺作品成册，托在下做序一。在下深恐才疏学浅，难以驾驭，又恐却之不恭。遂发一点感悟权作序，以不负志翔君嘱托。

《中国花卉报》社社长

于2016年5月

序二

唯愿东方自然风
吹入千万家

随着社会经济的快速发展，人们生活水平的不断提高，原本由少数人参与的插花艺术日益走近社会大众，广泛深入到寻常百姓的居家生活，成为改善社会大众精神文化生活的重要方面。与此同时，插花艺术也与社会面貌以及时代精神紧密地联系在了一起。近年来全国各地的花艺师，特别是年轻的花艺师们激情昂扬，刻苦钻研，求变创新，做出了积极有益的探索和尝试，取得了骄人的成绩，形成了中国现代插花艺术的新风格、新特点。

倪志翔先生扎根于六朝古都南京，深耕插花艺术二十余载，2015年他在德国花艺世界杯比赛现场荣获神秘箱比赛单项第一名，赢得了世界对中国现代插花艺术的认可和尊重，也为我们南京赢得了荣誉。倪志翔先生非常热衷于插花艺术的培训和推广，在此过程中积极探索创新，开创了"东方自然风"这一新的插花艺术风格。"东风自然风"将自然总结为水景、森林、田园、雨林和立体构成五大系，作品既体现现代气息，又不失民族特色；"东方自然风"结合现代空间艺术，将东方传统插花的枝条、线条糅进作品里，让作品更苍劲有力，意境更丰富柔美，让大自然的气息瞬间扑面而来。

今天，欣闻"东方自然风"插花艺术作品集结成册，由衷地为他们探索创新的成果感到高兴，也借此向南京市插花艺术研究会和倪志翔先生表示祝贺。希望有越来越多的人喜爱"东方自然风"插花艺术，也希望插花艺术走进千千万万人的居家生活，愿插花艺术让我们的生活更加美好！同时也祝愿倪志翔先生在花艺舞台上有更多更好的作品为我们呈现。

南京市园林局局长

于2016年6月

前言

走进自然，重拾本心

　　花是自然赐予我们的精灵。源于灵魂深处最深切的热爱，也源于对自然的感恩和赞美，花艺人用一花一叶来表达内心对花、对世界的无限深情。无论世事多沧桑，生活中只要有花，不眠不休也无妨。

　　一路风尘，国内国外，各种插花流派，我在花艺路上狂奔20载，获得的一个个奖项记录着我的花艺历程。学习得越多，越觉得自己有一个使命：我不能在盲目跟风的学习过程中失了本性，又失了民族特色，我要将中华民族的花之魂、花之精神用花草来表现，开创中国插花艺术的新风格。

　　所以，经过多年的刻苦钻研，我和我的同仁们走进自然、观察自然，不断学习总结与实践，最终"东方自然风"这一插花艺术体系应运而生。它包括五大系列，即水景系、森林系、田园系、雨林系、立体构成系；它以中国传统文化为基石，汲取自然之精粹，借鉴了欧洲自然风之态势，将自然的风貌精彩演绎；它是中国传统插花艺术与空间构成艺术的有机融合，其方式可用八个字概括为"古为今用，洋为中用"。

　　江南的钟灵毓秀，东方文化的意境深远，造就了具有独特韵味的东方式插花艺术。它或沧桑、或柔美、或绚烂、或静谧……一朵花，一个世界！它在静静地诉说着它的故事，你听得到吗？我听得到！我可以读出它的喜怒哀乐，体会它的悲欢离合。

　　今天，东方自然风插花作品得以集结出版，衷心感谢一路上帮助和支持我们的朋友！特别感谢王兴国先生、张耕哲先生，他们让我的花艺之路变得更宽！感谢贾军老师为所有作品所赋写的诗词，这些唯美的文字，让东方自然风意境更深远、气质更中国！

　　本系列书中的作品除了我本人创作的之外，还选择了"东方自然风"弟子们的一些作品和文字，"东方自然风"有赖于他们去发扬光大！

2016年6月

目录

- 002 序一 东方之美 唯崇自然
- 005 序二 唯愿东方自然风吹入千万家
- 006 前言 走进自然,重拾本心
- 010 田园系 采菊东篱下,悠然见南山
- 060 森林系 心灵的梦幻森林,诗意的精神世界
- 116 水景系 所谓伊人,在水一方
- 142 雨林系 生如夏花
- 172 立体构成系 率天真,任自由

东方自然风插花系列
Oriental natural design

森林系

心灵的梦幻森林，
诗意的精神世界

王晓波说过："一个人拥有此生此世是不够的，他还应该拥有诗意的世界。"每个诗意的地方，都应该有一片森林。在东方审美里，森林是空灵、悠远和深邃的。文人们沉醉在山林之乐里，或获得慰藉，或放浪形骸，回归自然、找到自我。而在西方世界里，森林是童话发生的地方，充满着梦幻、神秘和不可思议。

东方自然风的森林作品，是最多样、最包容的世界。在这里，植物是多样的，一个东方自然风森林系作品，一定有着挺拔参天的乔木，有矮小蓬勃的灌木，有融融绿意的地被植物，有着精灵般轻盈柔嫩的花朵。其次，生命状态是多样的，它有着欣欣向荣、蓬勃生长的鲜活，也有着干枯的树枝、缠绕的枯藤、化作春泥更护花的枯叶，体现着四季的更迭、生死的轮回。更不要提色彩的多样，质地的多样。五颜六色的花朵在树林里跳动，或高或低，错落有致。它们是森林的精灵，是美和爱的化身。苍劲的大树，轻盈的花瓣，粗糙的树皮，有倒在地上的枯木，上面长满了青苔，也有柔软新绿的嫩枝，小荷才露尖尖角的嫩芽，从地面钻出，体现着破土而出的新生。

不记得从何时开始，清新的空气成为一种奢侈。在钢筋水泥丛林的城市，拥挤的生存空间和压力，阴霾的天气和污染的空气，使人透不过气来。如果我们控制不了天气，可不可以试着改变心情？如果我们拯救不了整片蓝天，可不可以为自己营造一寸心灵的桃花源？有一句话叫"室有山林乐，人同天地春"。不要让自己的身心离自然太遥远，手作一片小小的东方自然风森林系作品，找到和自然同呼吸的节律，保留清澈的眼，有颗柔软的心，我们也能造一片心灵的梦幻森林，构建一个诗意的精神世界。

花材 Flower & Green

小菊、枫叶、山丁子、枝段

瓶器 Container

黑色密胺插花练习圆盘

森林
001

丹心可鉴

东方自然风研究室查道华

秋水凝波光如镜
丹心一叶天地远
秋风不惊寒难侵
赤诚乾坤定

美酒飘香心儿醉

东方自然风弟子班四期王耀锋

人生最美是欢聚
情谊最美是佳酿
愿得知己共沉醉
携手人间创辉煌

花材 Flower & Green
康乃馨、狗尾草、康乃馨腋芽、金丝桃枝、细枯枝、细山藤

瓶器 Container
斜纹双棕色细口大肚瓶

花材 Flower & Green

重瓣金鸡菊、南天竹叶、枯叶、枯枝

瓶器 Container

黑色密胺插花练习圆盘

森林 003

秋日偶拾

剪剪秋风细细裁
落叶铺就赭地台
唯恐秋深颜色老
可爱黄花竞相来

雨中畅想

夏日的一场雷阵雨
痛快的淋漓
惊扰了谁的娇羞
激荡了
久违的想象力

花材 Flower & Green
鸢尾、文竹、慈姑叶、泽泻叶、
垂柳、枯枝、细藤蔓

瓶器 Container
黑色长方木盘

花材 Flower & Green

重瓣金鸡菊、南天竹叶、嘉兰、天门冬、蕾丝花、万代花、女贞枝、枯叶、枯枝

瓶器 Container

白色长方形陶瓷盆

森林
005

新娘

当自然风遇见新娘
手花便换了一个样
浑厚的树皮
托起幸福的讯息
灵动的线条
将欢乐洋溢
谁能不心动呢?
当自然风与你相遇

背影

从这个角度
我捕捉你的背影
向光而生
你不会发现我
眼光的异动
其实 精彩的
不仅是你的粉面桃红
还有 这迷离的
你的背影

花材 Flower & Green

花毛茛、康乃馨腋芽、枫叶、
粗藤、细山藤

瓶器 Container

黑色密胺插花练习圆盘

花材 Flower & Green

小菊、山丁子、金丝桃、细山藤、河石、仿真苔藓

瓶器 Container

黑色密胺插花练习圆盘

明媚

你在枝头鸣唱
我在石间凝望
他在水中徜徉
阳光多明媚
欢乐喜共享

森林
008

红叶

等在西风的驳岸
槭叶冻得殷红
我以为你终将放弃
却年复一年地精诚
岸边的绿柳已
石化成骨
你仅存的热情
依然
如火如荼

花材 Flower & Green

红枫叶、仿真苔藓、枯木

瓶器 Container

黑色密胺插花练习圆盘

森林
009

新生

皆伐
消解了繁华
阳光
毫无保留地
亲吻了大地
残留的根基
没有忘记
昔日进取的能力
新芽谱出新曲
好一派
生机

花材 Flower & Green

蝴蝶兰、文竹、牵牛花藤蔓、
波斯顿蕨、木段、细山藤、红瑞木

瓶器 Container

黑色长方木盘

森林
010

山日

东方自然风弟子班四期慈雪

山中度日日清闲
不问红尘尘不染
林深不知高人处
云迹不尽寻路难

花材 Flower & Green

小菊、洋桔梗、石竹梅、文竹、石松、狼尾蕨、枯木、仿真苔藓

瓶器 Container

黑色密胺长方插花练习盘

花材 Flower & Green

重瓣非洲菊、康乃馨、文竹、芦荀草、铁线蕨、石松、花叶芋、枯枝

瓶器 Container

墨绿手工酒酿陶罐

森林
011

大展鸿图

恰青春年少
立雄心壮志
待羽翼强健
创丰功伟业

森林 012

鸣

东方自然风弟子班八期张晓辉

空山风寂寂
午后日迟迟
伏案意倦倦
惊鸣声呖呖

花材 Flower & Green
鹤望兰、重瓣非洲菊、小菊、情人草、文竹、清香木、石松、黄莺、蓬莱松、铁线蕨、枯枝

瓶器 Container
复古蓝手工酒酿陶罐

森林
013

大地

兼容并收是大地的胸怀
化朽为生是大地的神功
超越时空是大地的浑厚
拳拳相报是大地的深情

花材 Flower & Green
康乃馨、文竹、铁线蕨、波斯顿蕨、枯木棍

瓶器 Container
亮釉靛青白底深棕瓷瓶

花材 Flower & Green

石竹梅、金丝桃枝、枯枝

瓶器 Container

鳞纹泼墨风棕脚T形瓷瓶

森林
014

海的故事

当美人鱼变成泡沫之前
海面便有泡沫浮泛
那么
究竟有多少只美人鱼
化成了泡沫点点
究竟有多少痴心
无视蒺藜的利剑
只为将真爱成全

花材 Flower & Green
重瓣非洲菊、情人草、小菊、
花叶芋、石松、海桐

瓶器 Container
宽肩泼墨风宝蓝瓷瓶

森林
015

宾至如归

东方自然风弟子班四期刘洪仙

请
卸下旅途的疲惫
即便没有家的亲切
却
也有体贴的温暖
为你
御寒夜的清冷
思乡的感叹

森林
016

灯塔

雨 悉悉索索地下着
湿润了视线
昔日的红颜
褪去了光鲜
坚强的你
始终笑对生活的艰难
而今漂泊的我
可会有你当时的双肩

花材 Flower & Green
花毛茛、康乃馨茎叶、沿阶草、枯木棍

瓶器 Container
鳞纹泼墨风棕脚喇叭口瓶

绝处逢生

断壁以它的棱角
显示它的倔强
谁能化铁骨变柔肠
藤萝自有它的信仰
穿针引线
编织希望的网

花材 Flower & Green

石竹梅、阿波银线蕨、
文竹、细山藤、细枯枝

瓶器 Container

朽房木

018 森林

丽人行

光彩
洋溢在脸上
热情
激荡在胸膛
踏着
青春的音浪
奏响
幸福的乐章

花材 Flower & Green

小菊、石竹梅、雪柳、桂花枝、枯枝叶

瓶器 Container

黑色密胺长方插花练习盘

森林
019

你好，朝阳！

睡意朦胧的清晨
疏林草地迎接了第一缕霞光
那柔和的温度
叩启了枝头的闪亮
嫩芽新叶争先恐后地出场
空中传递着问候
你好，朝阳！

花材 Flower & Green

狼尾蕨、康乃馨腋芽、傅氏蕨、
芦筍草、文竹、金丝桃枝、河石

瓶器 Container

仿真苔藓黑色密胺插花
练习圆盘+红木几架

花材 Flower & Green

小菊、黑种草、铁线蕨、枯木

瓶器 Container

复古灰白手工酒酿陶罐

森林
020

风采昂然

迎风招展的手臂
挥动生命的活力
深挚赤诚的情怀
锁定信仰的召唤
无论年轻还是老迈
都有迷人的风采
随风起舞的
是激情澎湃

花材 Flower & Green

文心兰、桉树叶、阿波银线蕨、枯枝、山藤

瓶器 Container

朽房木

森林
021

洒向人间都是爱

阳光从不挑剔
绿意从不粗鄙
大地从不吝惜
生机从不躲避

太阳雨

东方自然风弟子班五期樊瑞

细细的雨丝如柱
薄薄的烟雾迷蒙
初花喜迎晴雨
晶莹亮丽妆容

花材 Flower & Green

小菊、石竹梅、芦荀草、铁线蕨、枯树皮

瓶器 Container

黑色密胺长方插花练习盘

森林
023

胜日寻芳

东方自然风弟子班四期叶华生

天空蔚蓝高远
艳阳殷勤温暖
信步涉水寻芳
林涧鸟语花香

花材 Flower & Green

康乃馨、堇菜、芦荀草、
康乃馨腋芽、傅氏蕨、波斯顿蕨、
枯枝、金丝桃枝、仿真苔藓

瓶器 Container

黑色密胺长方插花练习盘

花材 Flower & Green

小菊、康乃馨、波斯顿蕨、铁线蕨、
河石、细山藤、枯藤

瓶器 Container

黑色密胺插花练习圆盘

森林
024

卧石

莫怪卧石睡态憨
香芬缭绕美梦圆
人生多少不如意
醒来全然作笑谈

花材 Flower & Green

郁金香、杜鹃花枝、细枯藤、绣球、尤加利果、枯枝

瓶器 Container

枯树皮

025

呵护

辟一方温暖
筑一道防线
是母亲的怀抱
守护梦的香甜

森林
026

涵养

雏鸽在飞翔之前
离不开巢窠的护佑
我们在成熟之前
须涵养在文明的摇篮

花材 Flower & Green

郁金香、文心兰、尤加利果、
粗藤、细枯枝、细山藤

瓶器 Container

黑色密胺插花练习圆盘

花材 Flower & Green

桃花、黑种草、枯木

瓶器 Container

灰色手工浅船盘

莫愁春暖

春花活脱脱地
奔赴枝头的暖
临水朗照间
瞥见秀丽的容颜
当年那泛舟湖面的女子
可还在照看岛上的炊烟
粼粼波光中依稀可见
莫愁春暖

森林 028

子衿

东方自然风弟子班第二期李慧

青青子衿
如丝如缕
悠悠我心
辗转沉吟

青青子玉
如琢如磨
悠悠我意
澄明如许

花材 Flower & Green

铁线莲、黑种草、枯藤、河石

瓶器 Container

高温亮釉水绿色陶瓷阔口盘

蓝紫精灵

别争别抢
在自然风的世界里
谁都是好样
你有你的娇丽
我有我的清爽
蓝紫的秘密
等你去猜想

花材 Flower & Green

铁线莲、金丝桃枝、细枯枝

瓶器 Container

尖脚长椭圆陶瓷盘

晚秋

九月
秋风唱着嘹亮的歌
送走归鸿
热闹的池塘
一下子变得寂静
清冷得令枯叶颤栗
椒果却着实得了意
欢欢喜喜地
粉墨登场

花材 Flower & Green
尤加利果、梧桐枯枝枯叶

瓶器 Container
黑色密胺插花练习圆盘+红木几架

森林
031

起风了

起风了
柔条攀上了枯枝的手
终于不必只是凝望
深情相拥中
凡花吐露了笑容

花材 Flower & Green
小菊、文竹、康乃馨腋芽、
细枯枝、木段

瓶器 Container
黑色密胺长椭圆插花练习盘

花材 Flower & Green

石竹梅、阿波银线蕨、狼尾蕨、
纽扣蕨、堇菜、细山藤

瓶器 Container

黑色密胺插花练习圆盘

森林
032

曾经

曾经被遗落的
而今也开花了
曾经被丢弃的
而今也珍爱了
什么是没可能呢
当你拥有它的时候
不要轻易决断

记忆之二

虽然谢了花香
记忆也兀自芬芳
那散碎的欢乐
将生活点亮

花材 Flower & Green

风铃草、雪柳、沿阶草、葡萄藤

瓶器 Container

亮釉泼墨海洋风格卷边瓷瓶

森林
034

知音

伴着琴声的拙罐
也听出了真味
生发了柔条
漫向无边
那期待的脚步
可曾明白
可有片刻
流连

花材 Flower & Green
———————————
小菊、蜡梅、蔷薇、迎春枝、
细枯枝

瓶器 Container
———————————
复古米色双耳手工酒酿陶罐

儒风

英雄煮酒论
功业笑谈中
天地有鸿儒
气象万千同

花材 Flower & Green

小菊、蜡梅、柏枝、枯枝、枯藤

瓶器 Container

双棕窄口磨砂亮釉瓶

花材 Flower & Green

郁金香、迎春枝、枯枝、蔷薇

瓶器 Container

黑色密胺长椭圆插花练习盘

森林
036

同一屋檐下

同一屋檐下
白首相待好
朝迎旭日出
暮送落霞渺
琴瑟曲和谐
阳关接古道

花材 Flower & Green

小菊、尤加利、沿阶草、细山藤

瓶器 Container

复古灰白手工酒酿陶罐

森林
037

缘

东方自然风研究室茆峰

一个平凡的人
一颗平凡的心
茫茫人海中
平凡得不起眼

一段平凡的情
一份平凡的念
层层轮回中
扑朔迷离的缘

钓

风轻云淡秋气澄
晴日静好爽正浓
临渊垂杆秋水上
一方天地入画中

花材 Flower & Green
小菊、雪柳、迎春枝、细枯枝

瓶器 Container
亮釉泼墨海洋风格卷边瓷瓶

炊烟

暮色渐渐
笼上山谷的村舍
炊烟袅袅
野径幽幽
稀疏的灯火
聊以
慰乡愁

花材 Flower & Green
迎春花、蔷薇枝、枯枝、枯藤

瓶器 Container
复古灰白手工酒酿陶罐

花材 Flower & Green

石竹梅、狼尾蕨、石竹梅、贝壳草、枯枝、河石、植物根须

瓶器 Container

尖脚长椭圆陶瓷盘

森林
040

问

可以不管变迁么
任沧海桑田
可以不顾跋涉么
任万里彭山
可以不理非议么
任百口莫辩
执拗的手臂伸向空中
只为求一个
答案

彼岸

花材 Flower & Green

黑心菊、小菊、洋甘菊、小灌木、波斯顿蕨、袖珍椰子、灌木枝、枯木、粗藤、永生苔藓、黑色鹅卵石

瓶器 Container

叶型白点灰色陶瓷盘

架一座桥
通往对面的天
从此不必再
梦中相见
只要愿意
随时都可以抵达
徜徉在彼岸
芳草萋萋
山花漫漫

绕

花材 Flower & Green

千代兰、小菊、巨花马兜铃、枯藤、仿真苔藓毛石头

瓶器 Container

银边玉米色陶瓷浅圆盘

为了一桩小事
兜了数不清的圈子
那纠结的情绪
是连自己也未能明了的
心思

森林
043

天涯

天涯路迢斜阳归照
绝处逢生赤子精贞

花材 Flower & Green

菊花、鸢尾叶、蔷薇、
枯木、枯叶

瓶器 Container

浅棕波缘细陶碗组合

逸趣

一盏菊花茶
悠香沁脾
与雅士同坐
逸趣横生

花材 Flower & Green

菊花、女贞枝、枯木、枯枝

瓶器 Container

低温黑色陶瓷盆

松下客

参禅哪顾登高难
相约松下对流岚

花材 Flower & Green

五针松、永生苔藓、枯木、枯枝

瓶器 Container

低温黑色陶瓷盆

菊颂

不畏雨打不畏冻
瘦骨偏爱斗烈风
千瓣万瓣皆有志
无一吹堕逐世情

花材 Flower & Green

菊花、迎春枝、鸢尾叶、
蔷薇叶、枯叶

瓶器 Container

浅棕波缘细陶碗

秘密

招一招手
牵住流光的霞彩
敛一敛袖
藏起熟络的念头
爱慕
你不好说出口
托谁转述
你思量了许久

花材 Flower & Green

花毛茛、蔷薇、酸浆果、枯枝

瓶器 Container

黑色长方铁槽

048 森林

素颜

未施脂粉
皎皎而静美
未着华服
亭亭而荣素
傍石崖兮
娇柔
处水泽兮
贞固

花材 Flower & Green

玫瑰、石松、菖蒲叶、
枯木、细枯枝

瓶器 Container

银边玉米色陶瓷浅圆盘

田园系

采菊东篱下，悠然见南山

"暧暧远人村，依依墟里烟；狗吠深巷中，鸡鸣桑树巅。"陶渊明用寥寥几句，便勾勒出了一幅乡间田园的画面。陶渊明可称为中国文学史上最伟大的田园诗人，他一生跌宕，归隐田园，在回归自然中追求到了精神的自由和内心的平静。在他的诗句里，田园是一个常常出现的场景。田园的闲情逸致，不论在陶渊明的诗句里，还是在梭罗的《瓦尔登湖》里，无论是东方还是西方，都带来一种宁静的精神力量，给人以安慰和启迪。

文化如此，花艺亦然。在东方自然风作品里，最贴近大部分人生活和记忆的，就是田园系作品。几枝摇曳的狗尾草、明快而轻逸的小花、一两枝青翠的藤蔓，寥寥几笔，乡间的野趣便跃然眼前。乡间田埂，陌上花开，会不会让人勾起童年和故乡的回忆，唤起人生最初的那些片段？所谓大道至简，大美至拙，能给人感动的，反而是最简单的田园系。

然而，这首诗最出名的是后四句，"采菊东篱下，悠然见南山。山气日夕佳，飞鸟相与还。"台湾学者蒋勋曾专门评说过这首诗，他说，"采菊东篱下，悠然见南山"，是一个景象。放到当代来说，可能你后院有一丛菊花，或者甚至你只是在阳台上种了一盆小小的菊花，当菊花开放，你采了一两朵的时候，就已经"悠然见南山"了。这其实是一个不同情景的连接，是一种蒙太奇。蒋勋觉得，山水其实是活在人心中的。一个人，可以活在这个小小的、狭隘的甚至是嘈杂的土地上，但是如果他保有心灵的宁静，就像拥有了一片心灵的世外桃源。"采菊东篱下，悠然见南山"为什么变成了名句？因为心灵的净土，是一种寄托和象征。一个人可以在自己的生命里，去维护一片小小的净土。"采菊东篱下"不难，可是"采菊东篱下"之后"悠然见南山"，却是要自己去培养的。

东方自然风第五期弟子班　朱佳

花材 Flower & Green

花毛茛、洋桔梗、文竹、
金丝桃枝、芦苇、马唐、河石

瓶器 Container

黑色密胺插花练习圆盘

田园
001

情窦初开

东方自然风弟子班二期李梅

谁躲在路口
等着谁
谁藏进人海
看着谁
谁安排巧遇
邂逅谁
谁在谁的梦里
如花似玉

田园
002

风,轻轻吹

轻轻地 风吹过来了
一阵一阵
牵着草儿的发丝 荡呀荡
暖暖地 阳光晒过来了
一道一道
吻着草儿的脸 烫呀烫
悠悠地 你走过来了
一步一步
可听到草儿的心呀
咚咚地响

花材 Flower & Green
狗尾巴草、罔草、白首乌、鬼针草、
河石、细枯枝、细藤蔓

瓶器 Container
黑色密胺插花练习圆盘

田园
003

问石

东方自然风弟子班二期童俊英

花材 Flower & Green

洋桔梗、马兜铃、波斯顿蕨、枯木、河石

瓶器 Container

黑色密胺长方形插花练习盘

朽木横幽处
潭水清且驻
顽石掬憨态
可为记三生

田园
004

船歌

青山隐隐绿水长
朝发薄舟川江上
烟波浩淼不知路
船歌远近送客忙

花材 Flower & Green

波斯菊、马兜铃、黑色鹅卵石、细枯枝、永生苔藓

瓶器 Container

梭形尖脚亮釉水粉盘

田园 005

青纱帐

晚霞掉进苇塘
扯破了新衣裳
禾草蒲花赶紧来帮忙
你织我补个个是好样
欢声响透青纱帐

花材 Flower & Green

矮牵牛、波斯菊、狗尾草等

瓶器 Container
———————————
黑色密胺长方形插花练习盘

花材 Flower & Green

蔷薇、阿波银线蕨、鬼针草、枯木权

瓶器 Container

低温黑色陶瓷盆

田园
006

莫负初心

人们常说成长教会人现实
时间教会人遗忘
朋友啊
我还是宁愿你葆有年少时的轻狂
一份澎湃的热情
一个宏伟的理想
一颗稚嫩的初心
如果
当你能够担当的时候
你已没有勇气担当
当你可以圆梦的时候
你已没有梦想
朋友啊
这是怎样的苍凉！

花材 Flower & Green

小菊、蔷薇、紫菀、千金子、牵牛花藤蔓、枯木杈、细枯藤

瓶器 Container

低温黑色陶瓷盆

田园 007

春暖花开

冰消雪融的日子
是春的序曲
怦然心动时分
是爱的莅临
明媚春光的最爱
是粉黛初开
多彩生命之最美
是春暖花开

田园
008

垄上行

东方自然风弟子班一期郑晓晓

炊烟随风起
落霞收余辉
携伴拾归途
垄上踏歌行

花材 Flower & Green

多头康乃馨、石竹梅、金丝桃、蔷薇、狼尾蕨、铁线蕨、大画眉草、枯木、仿真苔藓

瓶器 Container

黑色密胺插花练习圆盘

田园
009

烟雨

最爱
是江南的烟雨
吴歌缥缈的氤氲
秦淮泛舟的心事
千百年
才子佳人的往日

花材 Flower & Green

飞燕草、小菊、小风铃草、
石竹梅、新菖蒲叶、藤蔓、
稗草、狗尾草、细枯枝

瓶器 Container

黑色密胺长方形插花练习盘

田园
010

消夏

溽暑难消夏日苦
信步水际访幽途
不问孤鸿归何处
留待烟霞共鹤鸣

花材 Flower & Green

多头康乃馨、金丝桃、阿波银线蕨、稗、红瑞木、细枯枝

瓶器 Container

黑色密胺插花练习圆盘

晚晴

东方自然风弟子班四期顾涵菲

一阵谣歌一阵风
经年雨露经年晴
声歇风驻日昏明
聊遣红花慰晚晴

花材 Flower & Green
波斯菊、新菖蒲叶

瓶器 Container
黑色密胺长方形插花练习盘

田园
012

如烟

东方自然风弟子班五期怀秀芝

蒲草亭亭垂帘栊
蝴蝶翩翩戏东风
云烟袅袅频往复
一片秀色氤氲中

花材 Flower & Green

飞燕草、小菊、澳洲蜡梅、石竹梅、狗尾草、仿真苔藓、细山藤

瓶器 Container

黑色密胺长方形插花练习盘

田园
013

月夜

花材 Flower & Green
花毛茛、吊兰、狼尾蕨、牵牛花叶、河石、枯枝、仿真苔藓

瓶器 Container
黑色密胺长方形插花练习盘

夜勾勒了月的轮廓
弯弯地映在水面
远处传来了呜咽的箫声
仿佛
要引着谁
凌波而过

田园 014

偷懒的宝贝

东方自然风弟子班六期李爱华

阳光都晒到屁股了
宝贝 你还埋着头睡
邻家的姐姐
早已结伴玩耍开了
宝贝 你在梦里遇见了谁

花材 Flower & Green

花毛茛、洋桔梗、文竹、
蔷薇、金丝桃、华北臭草

瓶器 Container

黑色密胺插花练习圆盘

田园
015

约定

你走
我不送你
桥头的蒲苇怕人见
白头的样子

你来
我一定接你
家中的蓬蒿顾不上
整理它的衣襟

花材 Flower & Green
小菊、狗尾草、阿波银线蕨、枯叶

瓶器 Container
阔口四角黑色陶瓷盘

田园
016

竹颂

出于蓬蒿地
志在万里天
举目浮云外
清脆贯终年

花材 Flower & Green

小菊、紫菀竹枝、金丝桃

瓶器 Container

海洋泼墨风波缘瓷瓶

田园 017

太阳雨

花儿映着太阳的脸
暑气凝出了汗
雨丝温柔地落下
轻轻将燥热驱散
虫儿恢复了精神
又开始奔走在花间
天边的彩虹弯起了笑的眼

花材 Flower & Green

飞燕草、小菊、洋桔梗苞、
新菖蒲叶、石竹梅、
小风铃草、康乃馨腋芽、
狗尾草、仿真苔藓

瓶器 Container

黑色密胺长方形插花练习盘

花材 Flower & Green

多头康乃馨、康乃馨腋芽、稗草、仿真苔藓、枯枝、河石

瓶器 Container

黑色密胺插花练习圆盘

田园
018

秘密

欢乐 是艳阳的光彩
躲起来的明媚
等着人来猜
调皮 是绿草的玩笑
泄露的天机
没有人说出来

花材 Flower & Green
小菊、鬼针草

瓶器 Container
黑色密胺长方形插花练习盘

田园
019

原来你在等我

艳丽的粉
是你脸膛的红晕
鲜嫩的翠
是你发丝的青春
阳光下的舞蹈
是你按耐不住的快乐
我轻轻地走来
竟被你这样欢喜着

田园
020

绿意悄悄

山林绿了
山溪开始唱歌
缓缓地
流进你的心里
汇成爱的
清波

花材 Flower & Green

石竹梅、金丝桃、阿波银线蕨、蔷薇、河石、黑色鹅卵石、细枯枝

瓶器 Container

黑色密胺插花练习圆盘

自然的邀约

东方自然风弟子班一期郑晓晓

花材 Flower & Green

小菊、迎春枝、蔷薇、康乃馨腋芽、金丝桃、石竹梅、河石、仿真苔藓

瓶器 Container

黑色密胺长方形插花练习盘

才出翠琅轩
又入叠秀楼
赤心邀远客
为君解忧愁

花材 Flower & Green

小菊、狗尾草、常春藤、梧桐枯枝

瓶器 Container

黑色密胺方形插花练习盘

田园
022

不速之客

枯枝
一不留神 跌落
惊扰了
小天地的 安然
哪来的不速之客
难道想 霸占
我们的家园
驱赶 驱赶
消散 消散
没多久的敌对后
小天地有了新的 成员
枯枝有了新的 港湾

田园
023

越人歌

穿越几个世纪
那月下倾诉的女子
可还等在岸边
那曾擦肩的倾慕
可否报得
一霎 顾盼

花材 Flower & Green

金鸡菊、洋桔梗、牵牛花、细枯藤

瓶器 Container

阔口四角黑色陶瓷盘

田园 024

邻家小妹

东方自然风弟子班五期张宏

邻家小妹
薄薄的春衫
红彤彤的美
躲在门后
偷偷地窥
湖面的微风
撩起春水
快来赶潮吧
邻家小妹

花材 Flower & Green

六出花、蔷薇、铁线蕨、河石

瓶器 Container

碧色密胺阔口盘

田园
025

醉清风

香醇一盏菊花酒
摇曳风里的娇柔
英雄莫问出处
天地自来亲熟

花材 Flower & Green

小菊、泽泻叶、鸢尾叶、
吊兰、河石、仿真苔藓

瓶器 Container

黑色密胺长方形插花练习盘

沉剑

东方自然风弟子班一期孟影

花材 Flower & Green

紫藤、蔷薇

瓶器 Container

尖脚长椭圆陶瓷铜纹盘

谁的执着在记忆中搁浅
一半是澎湃
一半是漠然
空无寂灭中睡着谁沉的宝剑
鸣风而起 谁当年的 果敢

田园
027

明月心

皎皎明月心
清清游子吟
飘蓬万里征
竟夜慰思亲

花材 Flower & Green

芍药、刺玫、金丝桃、河石

瓶器 Container

亮釉白色圆边瓷盘

田园 028

爱人

东方自然风研究室 查道华

就这样静静地
爱人
我们经历了几番风雨
又将迎来几度浮沉
爱人
我们彼此习惯了相守
早已合二为一
你说 我在
一切便有了生趣
我说 你在
生命便会有奇迹

花材 Flower & Green

月季、蔷薇、吊兰、菖蒲叶、鸟巢蕨、河石、仿真苔藓

瓶器 Container

黑色密胺插花练习圆盘

田园
029

登高望远

东方自然风弟子班四期张建平

鱼跃凭海阔
鸟飞任天高
足登青云梯
驰目千山外
莫欺少年穷
人小有胸怀

花材 Flower & Green

花毛茛、鸢尾叶、文竹、
泽泻叶、纽扣蕨、
吊兰叶、波斯顿蕨

瓶器 Container

泼墨风宝蓝瓷瓶

田园
030

香恋

东方自然风弟子班二期徐敏霞

绿意秾得旖旎
让芳香悠远而恬淡
情谊清得透明
让爱恋亲切而欣然

花材 Flower & Green

紫罗兰、小风铃草、菖蒲叶、泽泻叶、文竹

瓶器 Container

海洋泼墨风波缘瓷瓶

田园 031

痴心

东方自然风弟子班五期张宏

花材 Flower & Green

月季、桃花、蔷薇枝、海桐叶、河石、枯枝

瓶器 Container

黑色陶瓷浅盘

夏日的午后
一切都倦倦地
想要窝进梦里
谁依然望眼欲穿地守望
为一缕清风
还是一道阳光

032 田园

百尺竿头更进一步

花材 Flower & Green
千代兰、牵牛花藤蔓、蔷薇、永生苔藓

瓶器 Container
鲜竹竿

人生充满挑战
成长需要激情

033 外婆的澎湖湾

花材 Flower & Green

蔷薇、草地早熟禾、迎春花、何首乌、石竹梅、枯木杈

瓶器 Container

低温黑色陶瓷盆

银的发 桃红面
斜阳春丛照
粗的茧 嫩指尖
老枝新藤牵
莫说是谁照看了谁
莫论是谁陪伴了谁
当暮色笼上青苔
弥足珍贵的
是人间的亲爱

034

翠堤春晓

东方自然风弟子班五期杨海燕

西子湖上春风暖
白鹭双飞
东坡堤畔翠枝鲜
莺歌呼应

花材 Flower & Green
康乃馨、文竹、尤加利、芦荀草、
石竹梅、河石、仿真苔藓

瓶器 Container
黑色密胺插花练习圆盘

035

伊甸园

没有纷扰
风也闯不进的驳岸
小小的美丽
开得静悄悄

没有喧嚣
妖娆不屑的转角
纯纯的桃红
不必羞答答地逃

花材 Flower & Green

康乃馨、尤加利、文竹、波斯顿蕨、石竹梅、草地早熟禾、仿真苔藓、河石

瓶器 Container

浅棕波缘细陶碗

花材 Flower & Green

康乃馨、洋桔梗、文竹、泽泻叶、狗尾草

瓶器 Container

海洋泼墨风波缘瓷瓶

田园
036

海边的浪漫

如何才能遇见你
潮水已经漫上来了
沙滩上的字转瞬间
了无痕迹
海浪 就这样
卷走了谁的心事
谁的思念
被带到
深深的海底

田园
037

你好，旧时光

东方自然风弟子班五期杨海燕

小的时候
总想长大
天天幻想
未来的光景

长大以后
却爱回想
每每在梦里
遇见旧时光

花材 Flower & Green

紫罗兰、洋桔梗、小菊、小风铃草、
狗尾草、新菖蒲叶、澳洲蜡梅、
小野菊、白首乌、仿真苔藓

瓶器 Container

黑色密胺长方形插花练习盘

田园
038

芳草的启示

东方自然风研究室 查道华

花材 Flower & Green

小菊、三色堇、铁线蕨、石松、狼尾蕨、尤加利、黑沙、仿真苔藓

瓶器 Container

黑色密胺插花练习圆盘

有希望的 暗自生长
不挑捡的 随处盛开
人生几何不如意？
缤纷自成气象

花间

东方自然风弟子班五期樊瑞

愿醉花间卧花眠
愿成护花仙
愿驾清风御风行
自在百花园

花材 Flower & Green

石竹梅、小风铃草、新菖蒲叶

瓶器 Container
黑色密胺插花练习圆盘

渔舟唱晚

花材 Flower & Green

文心兰、郁金香、风铃草、金丝桃、尤加利果、冬青果、细枯枝、红瑞木、细山藤

瓶器 Container

深灰手工陶瓷浅盘

湖面波光粼粼
天边流霞飞动
桨声漾起欢歌
渔家灯火点点

田园
041

玲珑

紫 碎得恬淡
绿 翠得光鲜
赭 绕得灵动
黛 润得通透
谁打破的琉璃盏
激起了这玲珑的
　　一瞬间

花材 Flower & Green

石竹梅、藤蔓、狼尾蕨、细山藤

瓶器 Container

复古铜色陶瓷浅盘

田园
042

谦卑

白郁金香
选择素面朝天
选择花心暗敛
选择俯首躬身
然而正是这样的谦卑
给足了她的美
让人着迷
又怕任何举动
都会唐突了
这份美

花材 Flower & Green

郁金香、枯茅草、细枯藤

瓶器 Container

棕色细条纹长椭圆陶瓶

花材 Flower & Green

紫罗兰、星点木、葡萄藤、柏枝、银叶菊、细枯枝

瓶器 Container

海洋泼墨风波缘瓷瓶

田园
043

西风的情意

东风说 我爱这世界
我让一切盛开
西风说 我也爱这世界
我让一切凋落
不同的情意有不同的角度
如果你不懂得西风的爱
那么北风将会把你
收割

杨柳依依

几度风雨几度虹
几处暖树几处莺
昔日青丝客
今日白头翁
遥忆当年事
杨柳情深多

花材 Flower & Green
百合、吊兰、垂柳

瓶器 Container
鳞纹亮釉泼墨风棕脚喇叭口瓶+红木几架

田园
045

祭

沽一坛老酒
献一曲九歌
任发白的记忆
在寒风中
战栗 萧索
总有不变的光泽
透着醇香
姜桂其诚

花材 Flower & Green

郁金香、狗尾草、枯枝、细枯藤

瓶器 Container

复古浅棕手工单耳酒酿陶罐

花材 Flower & Green

映山红、芍药、铁线莲、藤蔓、细枯枝

瓶器 Container

棕色陶瓷深碗

田园
046

回响

我向高山呼喊
高山报我以嘹亮
我向幽谷呼喊
幽谷报我以深沉
我向阳光呼喊
阳光报我以明媚
我向欢乐呼喊
欢乐报我以开怀

田园乐

东方自然风弟子班八期王静芬

晨起迎旭日
暮归送晚霞
年初勤耕作
岁末好收获
心轻体更健
性淡寿益长

花材 Flower & Green

金鸡菊、矮牵牛、石竹梅、沿阶草、新菖蒲叶、水葱、蓬莱松、仿真苔藓

瓶器 Container

黑色密胺长方形插花练习盘

弈

你对我十面埋伏
我对你落子无悔
你以为我孤注一掷
我以为你信马由缰
帘外蔷薇开过

花材 Flower & Green

月季、阿波银线蕨、玉簪叶、狼尾蕨、细枯藤

瓶器 Container

低温黑色陶瓷盆

花材 Flower & Green
波斯菊、百日草、小野菊

瓶器 Container
四色渐变亮釉宽肩瓶

田园
049

彩虹的颜色

夏日的繁花
染了夕阳的颜色
绚丽了原野
雨后的彩虹
染了繁花的颜色
精彩了天空
你的眼神
染了彩虹的颜色
点亮了午夜
我拿什么回报你呢
我只有
爱你的颜色

田园
050

格桑花

辽阔的草原
高远的天
蓝蓝的天空下
格桑花吐露笑脸
高亢的山歌
响透云际外
少女的裙裾
舞动着格桑花

花材 Flower & Green

玉簪、百日草、波斯菊、芦苇、凤尾竹、白茅草、黑沙

瓶器 Container

阔口四角黑色陶瓷盘

篝 火

花材 Flower & Green

月季、康乃馨、藤蔓、
细山藤、枯木杈

瓶器 Container

低温黑色陶瓷盆

即便做不成栋梁
即便当不上柴薪
只要还有木的本色
就要燃起一团篝火
迷失的可以用来照亮
僵冷的可以用来取暖
不在怨怼中渴盼
不在叹息中消磨

红粉佳人

东方自然风弟子班第五期 陶微

红粉有佳人
殷殷期贵客
罗裙量体裁
知音琴瑟和

花材 Flower & Green

花毛茛、菖蒲叶、金边吊兰叶、刺玫枝叶

瓶器 Container

鸟巢叶螺旋纹双色亮釉宽肩瓷瓶

053 田园

神灯

花材 Flower & Green
千代兰、马兜铃、迎春花、蔷薇、细枯藤

瓶器 Container
水纹渐变小口大肚瓶

谁都想拥有
阿拉丁的神灯
天方夜谭的神话
我们沉浸其中
如果真能有愿望
可以被达成
那么 我愿
所有永恒的都美好
所有美好的都永恒

追日

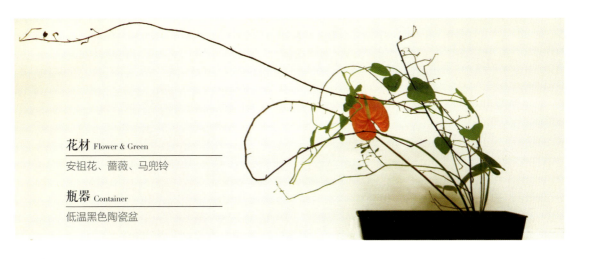

花材 Flower & Green
安祖花、蔷薇、马兜铃

瓶器 Container
低温黑色陶瓷盆

我相信夸父是快乐的
因为在奔跑的路上
他心无旁骛
即便在倒下的那一刻
也许会有一丝遗憾
但他始终骄傲的
是他从未放弃的尊严

水景系

所谓伊人，在水一方

《林泉高致》里说："真山水如烟岚，四时不同。春山淡冶而如笑，夏山苍翠而如滴，秋山明净而如妆，冬山惨淡而如睡"。中国山水画，四时不同，神韵不同。说到神韵，水就是灵魂。如果没有水，不能称其为山水，少了水就少了灵动，少了水也少了留白和意境。很多描摹山水的传世名画，画面大部分是空白或远水平野，只一角有一点点画，令人看来辽阔无垠而心旷神怡，荡漾出轻柔优美的愉快感受。水不仅是画的灵气，也是插花艺术的灵气。一泓清水，或从水面亭亭玉立几枝水草，或从水边斜倚出一树繁花，水面飘落几许花瓣，不仅有形、有色，还有意、有神。

东方自然风作品里，最有灵气的也莫过于水景系。纯粹的水景式，几片鸢尾叶，一两枝轻盈的花朵，从水盆中挺拔而出，水面上浮着小小的绿苔，几根东方自然风里特有的枯藤，轻飘飘的盘旋在花与叶中间，纤细的曲线美，枯荣相生的自然美，而水，给了作品飘逸淡雅的魂。

水旱式，就更加丰富和动人了。所谓水旱，有水有陆地，不再只是水生植物，植物的多元化造就了更多的变化和层次。《诗经》云："蒹葭苍苍，白露为霜。所谓伊人，在水一方，溯洄从之，道阻且长。溯游从之，宛在水中央"。在水一方的美，看过水旱式作品才能体会。水边斜出的枝条，不管是轻盈飘逸的文竹也罢，一枝浪漫香雪的樱花也好，向水面的角度倾斜着。剪一两片文竹残叶浮在水面，绿影晃动，像极了水边的树影，"疏影横斜水清浅"，水边的花草在摇曳，水面的倒影在流动，水上水下两呼应，真的有种"暗香浮动月黄昏"的感觉了。而这，就是东方自然风水景系作品带给人的感动。

东方自然风第五期弟子班朱佳　朱佳

水景 001

九寨映像

东方自然风弟子班二期肖文书

山峦在水上秀她的丽影
倒木在水底数他的年轮
无名的山花笑脸相迎
寂寂的山风殷勤相送

花材 Flower & Green

石竹梅、新菖蒲叶、菖蒲叶、泽泻叶、花叶芋、康乃馨、枯枝、细枯藤、苔藓、枯木块、黑色鹅卵石

瓶器 Container

青花陶瓷小圆缸

花材 Flower & Green

睡莲、芦苇叶、荷叶、小灌木、枯枝

瓶器 Container

低温黑色陶瓷盆

水景
002

光阴的故事

流转的季节
流转的风
染绿了生命
告别的时间
告别的手势
枯落了热情
冥冥中相逢
依旧的精诚

花材 Flower & Green

波斯菊、千屈菜、鸢尾叶、郁金香叶、凤尾竹、吊兰、阿波银线蕨、细枯藤、牵牛花藤蔓、枯木、枯枝、永生苔藓

瓶器 Container

高温亮釉水绿色陶瓷阔口盘

水景
003

江南

那一年 早来的东风唤醒流年
那一季 杏花春雨湿了桃花面
那一日 碧水青天映着红妆远
　　那一刻 故乡的江南
　　　梦里的江南

水景
004

恋恋荷塘

风莽莽撞撞舞起莲的裙袂
让她羞红了脸
白鹭兀自嬉闹躲进莲的裙底
令她百口莫辩
水鸢挺起胸膛隔开了人们的视线
有一段情缘
开始静静地上演

花材 Flower & Green

安祖花、蜀葵、荷叶、鸢尾叶、
新菖蒲叶、花岗石、枯枝

瓶器 Container

黑色密胺插花练习圆盘

纷扰

如果爱是简单的
就不会有迷乱
如果情是简单的
就不会有纷扰
如果你追求它的美丽
请别介意它偶尔的小小困扰
如果你在乎它的纯粹
请珍惜它曾带给你的好

花材 Flower & Green
石竹梅、菖蒲叶、康乃馨腋芽、
高山羊齿、苔藓、细枯藤

瓶器 Container
黑色密胺长椭圆插花练习盘

花材 Flower & Green

鸢尾、小风铃草、洋桔梗、菖蒲叶、吊兰、泽泻叶、苔藓、山藤、细枯枝

瓶器 Container

黑色密胺插花练习圆盘

水景
006

蓝颜

东方自然风弟子班一期杨红英

活泼而调皮的
你的笑脸
亲切而温柔的
你的臂弯
诙谐而敏捷的
你的睿智
旷达而深远的
你的心田

佳人静好

恬淡有佳人
舒卷意迟迟
不为争春色
只恐春虚过

花材 Flower & Green

月季、花叶水葱、菖蒲叶、泽泻叶、仿真苔藓皮、枯枝

瓶器 Container
黑色密胺长方插花练习盘

水景 008

喜讯

东方自然风弟子班四期孙婿

吹响金色号角
欢乐逐一传递
人生贵在珍惜
记取分分秒秒

花材 Flower & Green

马蹄莲、新菖蒲叶、菖蒲叶、吊兰、狼尾蕨、细枯枝、枯叶

瓶器 Container

黑色密胺长方插花练习盘

花材 Flower & Green

花毛茛、蝴蝶兰花梗、枫叶、吊兰、鸢尾叶、细枯枝、仿真苔藓皮、河石

瓶器 Container

黑色密胺长方插花练习盘

水景 009

携风起舞

挥手，拂去额上的纤尘
昂首，迎接莅临的挑战
不是风摇曳了我
而是我携着风
起舞

水景
010

情话

东方自然风弟子班六期李爱华

知道吗?
每个苇塘的角落
都有窃窃的情话
嘘!你听
又一桩心事正在开花

花材 Flower & Green

香水百合、紫薇花、水烛叶、菖蒲叶、梭鱼草、慈姑

瓶器 Container

黑色密胺长方插花练习盘

水景 011

烟火

就这几支路边常见的野草
也能在我们的精心安置下
亮丽成节日的烟火

花材 Flower & Green

月季、千屈菜、鸢尾叶、吊兰、
细叶芒、枯枝、细草藤、河石

瓶器 Container

黑色密胺长方插花练习盘

水景
012

倾听

东方自然风弟子班二期冯莉

驿动的心找不到停泊的港口
浮夸的表演得不到真诚的回应
天地之大美在每个不经意的转角
请你闭上眼睛
仔细倾听

花材 Flower & Green

马蹄莲、萱草果实、鸢尾叶、百子莲、
吊兰、玉簪叶、马唐、枯枝、
黑色鹅卵石

瓶器 Container

高温亮釉水绿色陶瓷阔口盘

浣女

东方自然风弟子班五期李晓丽

花材 Flower & Green

花毛茛、泽泻叶、仿真苔藓、河石、枯枝

瓶器 Container

黑色密胺长方插花练习盘

也许那水边还有
你每日浣衣的倩影
也许还有人
在窗前看得痴
而年华不再迷乱的心跳
竟然蹈出了
你那捶击的乐音

水景
014

骊歌

骊歌在晨曦的光晕中
不再真实
商旅的足音已渐行渐远
谁还在意涉水而过时
偶然的回眸
谁把芬芳带进了旅程

花材 Flower & Green

洋桔梗、芦苇叶、菖蒲叶、枯枝

瓶器 Container
低温黑色陶瓷圆盆

云莺出岫

寂寂是山水的淡妆
脉脉是雾霭的芳泽
嘹亮是莺歌恰啼
婉转而空灵
祥和而欢喜

花材 Flower & Green

花毛茛、花叶水葱、新菖蒲叶、
金叶女贞、火棘、河石

瓶器 Container

黑色密胺插花练习圆盘

花材 Flower & Green

马蹄莲、花毛茛、垂柳、菖蒲叶、鸟巢蕨、高山羊齿、芒萁、一叶兰、枯木段、河石

瓶器 Container

黑色陶瓷插花圆盘

水景
016

款款春来

东方自然风弟子班四期张建平

水退寒装波解颜
绿上枝梢柳眉弯
红粉未发香已至
石上青黄竞碧苔

荧光曼舞

不是只有百合玫瑰
才能构筑美丽乐章
你看 这活脱脱的萤火
不也正为我们
舞一曲阳春三月么

花材 Flower & Green

鸢尾、文心兰、阿波银线蕨、草地早熟禾、细枯藤、枯枝

瓶器 Container

黑色密胺插花练习圆盘

水景
018

守候

走过了四季
走遍了山川
眼里心上的画面
换了又换

不问过往
不求闻达
那一份守候
依然
寂静而芬芳

花材 Flower & Green

马蹄莲、香雪兰、鸢尾叶、
新菖蒲叶、青苹果竹芋

瓶器 Container

黑色密胺长方插花练习盘

珍重好时光

天蓝水碧花绽放
暖日晴阳好时光
少年有志需进取
莫教晚景对凄凉

花材 Flower & Green

文心兰、新菖蒲叶、鸟巢蕨、吊兰、
高山羊齿、阿波银线蕨、浮萍、
细枯藤、苔藓

瓶器 Container

黑色陶瓷波纹大号圆碗

水景

020

山水之间

东方自然风研究室 张亚雯

花材 Flower & Green
迎春花、石竹梅、文心兰、芒萁、傅氏蕨、文竹、枯树皮、枯枝、枯叶、苔藓

瓶器 Container
黑色密胺长椭圆插花练习盘

渴饮洞庭水
醉卧滟淤滩
有意钓江雪
无意伴春眠

莫欺少年穷

别说少年的梦太苍白
它没有山花烂漫
却也生机盎然
别说少年的心太稚嫩
它没有深沟险壑
却也意笃志坚
只要一份信任与关爱
定会报以无限风光
无限未来

花材 Flower & Green

石竹梅、鸢尾叶、蔷薇枝、细枯枝、鹅卵石

瓶器 Container

黑色陶瓷波纹大号圆碗

郊野雨霁

东方自然风弟子班一期李慧

无风芳草静
露湿自清明
娇花皆垂首
忙照补妆镜

花材 Flower & Green

千屈菜、梭鱼草、玉簪花、葱兰、芦苇叶、新菖蒲叶、凤尾竹、河石

瓶器 Container

低温黑色陶瓷盆

花材 Flower & Green

铜钱草、浮萍、枯荷叶、枯枝

瓶器 Container

黑色密胺插花练习圆盘

水景 023

残荷情

不追忆昔日盛装的骄傲
不在意世人悲悯的目光
这一段流年残光中
我只想还能为谁
遮一点风霜

水景 024

惜别

东方自然风研究室 查道华

这一拜
孩子在眼底
母亲在心头
这一挥手
母亲在岸边
孩子在船头
这一别
乡音在梦魂
牵挂在殊途
这一垂首
浅笑在嘴角
泪珠儿在喉

花材 Flower & Green

文心兰、石竹梅、萱草果实、鸢尾、菖蒲叶、吊兰、铁线蕨、鸟巢叶、细藤蔓、细山藤

瓶器 Container

黑色密胺插花练习圆盘

雨林系

生如夏花

东方自然风最神秘的系列，莫过于雨林系。那滴着水珠的热带雨林，是一片神秘莫测的原始丛林。梦幻、慵懒而奔放，热烈而幸福。那里既像是一个天然乐园，一切都未经雕琢，神奇而宏大；又像是一片不可踏入的禁区，藏着自然最原始的秘密。人类好奇神往，又带着退缩畏惧，对森林和森林里的生物充满了各种想象。热带雨林系就这样塑造了一片世外桃源。

有各种各样的蕨类植物，叶片巨大，生机盎然，绿的化不开抹不去；有争相开放的热带兰花，色彩艳丽而奔放，像极了不顾一切的爱情；有生命旺盛的藤蔓，缠绕在参天的大树上，蜿蜒的往高处攀援，争抢着阳光。脚下的土地很潮湿，很柔软，巨大的朽木倒在丛林中，被湿漉漉的青苔覆盖。空气里弥漫着水汽，如烟如雾，水汽在宽大的叶片上汇聚，从叶尖往下滴。"青翠欲滴"，应该就是这个样子。这是一片多么神奇的世界，热带雨林，地球之母，而东方自然风热带雨林系，最形象的展示了这种原始的野性，渲染了大自然的张力。站在作品前，闭上眼睛，仿佛闻到了清新的泥土清香，听到了植物嗖嗖往上窜的生命力，身临其境感受到了热带雨林，这么不同于我们的一个世界。

> 惊鸿一般短暂
> 像夏花一样绚烂
> 这是一个多美丽又遗憾的世界
> 我们就这样抱着笑着还流着泪
> ……
> 我从远方赶来
> 赴你一面之约
> 痴迷流连人间
> 我为她而狂野
> 我是这耀眼的瞬间
> 是划过天边的刹那火焰
> 我为你来看我不顾一切
> 我将熄灭永不能再回来
>
> ——朴树《生如夏花》

东方自然风第五期弟子班　朱佳

小轩窗

小轩窗
正梳妆
峨眉粉黛耀烛光
谁把芳心访
蝴蝶影成双

花材 Flower & Green

蝴蝶兰、波斯顿蕨、花叶芋、枯树段、山藤、细枯藤、仿真苔藓毛石头

瓶器 Container

黑色密胺长方形插花练习盘

喧溪

东方自然风弟子班四期杨远征

花材 Flower & Green

黑种草、三色堇、堇菜、阿波银线蕨、山藤、细枯藤、鲜苔藓

瓶器 Container

黑色密胺长椭圆形插花练习盘

清澈的你
波澜未起
是谁的瞳眸
专注着流年的痕迹
淘气的野花
任性地开疆辟壤
扮靓了你的欢乐
装点了你的四季

青梅竹马

还记得吗?
那些儿时的伙伴
整日里嬉戏
无牵无绊
而今
他们都还好吗?

花材 Flower & Green

蝴蝶兰、阿波银线蕨、波斯顿蕨、
枯木、永生苔藓、黑沙

瓶器 Container

黑色密胺长方形插花练习盘

石林撷翠

东方自然风弟子班五期王立富

曾经沧海已桑田
英姿飒爽对流年
寒来暑往多磨砺
岿然未动志尚坚

花材 Flower & Green

千代兰、波斯顿蕨、文竹、狼尾蕨、纽扣蕨、枯木、枯树皮、细山藤、细枯枝、仿真苔藓

瓶器 Container

黑色密胺插花练习圆盘

天涯

花材 Flower & Green
文竹、阿波银线蕨、枯木、鲜苔藓、仿真苔藓毛石头、粗藤

瓶器 Container
黑色长方木底座

枯藤 倒木 流沙
碧云 翠岭 落霞
清风 青烟 轻语
人在天涯
处处家

晚晴

东方自然风弟子班五期黄建锋

雨湿春山新
霞光西照深
万物喜暖日
人间重晚情

花材 Flower & Green

蝴蝶兰、阿波银线蕨、傅氏蕨、女贞枝、枯树皮、苔藓、永生苔藓

瓶器 Container

黑色密胺长方形插花练习盘

花材 Flower & Green

千代兰、滴水观音、狼尾蕨、傅氏蕨、袖珍椰子、阿波银线蕨、春羽、木段、仿真苔藓毛石头、风干绿绣球、永生苔藓、仿真苔藓

瓶器 Container

叶型白点灰色陶瓷盘

雨林
007

闺愿

触着新苔的柔软
芳心怦然而动
那水边的绿藻
可曾懂她的期盼
看似无言的风景
最是情深款款

雨林 008

童年

东方自然风弟子班三期祝俊丽

花材 Flower & Green

千代兰、阿波银线蕨、狼尾蕨、波斯顿蕨、木段、苔藓、细枯枝

瓶器 Container

黑色密胺长方形插花练习盘

总是向新奇中探险
一根枯木
便是我们埋伏的首选
躲开大人们的视线
草丛叶帐中
我们是一丝不苟的
侦察员

懂你

东方自然风弟子班二期徐敬霞

人们常说
毒花最美 烈酒最香
我却懂你
淡淡的芬芳
不求惊艳
不为迷狂
让时光褪去浮华
是你
醇醇的佳酿

花材 Flower & Green

文心兰、石竹梅、芒萁、
芦荀草、铁线蕨

瓶器 Container

青色双耳粗陶罐

壮志凌云

少年的弓箭　　　　曾经的豪气
搭成了天梯　　　　今天的积淀
直指云霄外　　　　明天的期待

成长的历程　　　　不再年轻的你我
冷却了热情　　　　让时光教会
初心竟难改　　　　把握现在

花材 Flower & Green

重瓣非洲菊、芦荀草、芒萁、文竹、石松、泽泻叶、尤加利叶、枯枝

瓶器 Container

亮釉泼墨风四色阔口瓶

花材 Flower & Green

三色堇、石竹梅、高山羊齿、傅氏蕨、康乃馨腋芽、细山藤、枯藤

瓶器 Container

黑色密胺插花练习圆盘

自在·自然

没有造作
就这样自在丛生
没有统帅
就这样自然平和
谁说一定要有尊贵的角色
我们的欢乐
不也可以令你会心一笑么

雨林
012

信手拈花

东方自然风弟子班第五期陶微

想不到吧
刚刚我还是废弃的料
现在看我
也可以是舞台的主角
不要错过手边的精彩
最好的创造
往往是变废为宝

花材 Flower & Green

蝴蝶兰、阿波银线蕨、纽扣蕨、
铁线蕨、狼尾蕨、花叶芋、石竹梅、
细山藤、枯木、枯藤、仿真苔藓、河石

瓶器 Container

黑色密胺长方形插花练习盘

雨林 013

伴侣

东方自然风弟子班五期林峰

人生何所幸
伴君江湖远
山川可为证
华发亦少年

花材 Flower & Green

安祖花、花叶芋、阿波银线蕨、
纽扣蕨、枯木段、细山藤、鲜苔藓

瓶器 Container

黑色密胺插花练习圆盘、
红木几架

花材 Flower & Green

千代兰、文竹、纽扣蕨、袖珍椰子、阿波银线蕨、狼尾蕨、金边吊兰、枯枝、仿真苔藓、鲜苔藓、细山藤

瓶器 Container

黑色密胺长方形插花练习盘

雨林 014

岁月峥嵘

东方自然风弟子班一期杨红英

老苔层层堆砌
挂满裸枝的婆娑
在娇花鲜妍地映衬下
如此醇熟的豪奢
凝视
终将穿透光阴的记忆
看破
那一道金玉其外的假设

绿野仙踪

花材 Flower & Green

千代兰、文心兰、芒萁、青苹果竹芋、阿波银线蕨、狼尾蕨、迎春、兰、鸟巢蕨、枯木、细山藤、仿真苔藓毛石头、仿真苔藓

瓶器 Container

黑色长方木槽

还记得那片丛林吗
阳光穿过树梢
和影子追着跑
仙女们躲在花间
练习魔法密招
若是你不经意
触了她们的靶位
任你如何也猜想不到
将会有怎样的奇妙

蝴蝶泉

东方自然风弟子班五期王立富

叮咚叮咚
泉水唱得欢乐
影影绰绰
蝶儿舞姿婆娑
如果没有传奇的邂逅
岂不辜负了
这一番
天造地设

花材 Flower & Green

蝴蝶兰、铁线蕨、狼尾蕨、纽扣蕨、阿波银线蕨、细山藤、枯藤、河石、鲜苔藓、仿真苔藓、仿真苔藓毛石头

瓶器 Container

黑色密胺插花练习圆盘+红木几架

花材 Flower & Green

千代兰、阿波银线蕨、袖珍椰子、狼尾蕨、黑沙、河石、仿真苔藓毛石头

瓶器 Container

黑色密胺长方形插花练习盘

雨林 017

兰趣

东方自然风弟子班四期刘洪仙

长在山野间
相约竞丽姿
扮秀碧草地
顽石生意趣

追忆似水流年

起风的日子
挽手同行
烈阳灼灼时节
并肩挥汗
金色的岁月
流淌的河
我们
一起走过

花材 Flower & Green

千代兰、文心兰、芒萁、青苹果竹芋、
袖珍椰子、阿波银线蕨、细枯藤、黑沙

瓶器 Container

黑色密胺长方形插花练习盘

小石潭

深浅不知度
稀得人倾慕
零花点翠草
且唤春来住

花材 Flower & Green

蝴蝶兰、阿波银线蕨、花叶芋、
纽扣蕨、铁线蕨、铜钱草、细山藤、
河石、鹅卵石、仿真苔藓、
仿真苔藓毛石头

瓶器 Container

黑色密胺插花练习圆盘

山野的呼唤

花材 Flower & Green

小菊、蜡梅、金丝桃枝、枯枝、枯叶、细山藤、河石、木段

瓶器 Container

黑色密胺长椭圆形插花练习盘

朋友
钢筋水泥中的你倦了么
来 到我这里
清冽的湖水为你洗尘
芬芳的气息为你调理
别介意那凌乱的藤蔓
它为你的到来
赶制了新曲

雨林
021

青春

让我们爬上山巅
更接近蓝的天
辽阔的世界在眼前
额角微微的细汗
正是我们的骄傲
蒸腾的热浪
是我们澎湃的心跳

花材 Flower & Green

马蹄莲、芒萁、芦荀草、
金边吊兰、枯木、河石

瓶器 Container

黑色密胺长方形插花练习盘

偷闲

东方自然风弟子班八期汤研

花材 Flower & Green

小菊、沿阶草、阿波银线蕨、藿香、枯木、细山藤、枯藤、河石、鲜苔藓

瓶器 Container

黑色密胺长椭圆形插花练习盘

夏日晴好忙偷闲
信步水畔觅芳颜
无备鲜草慌了神
　凌乱凌乱
引得雏燕敛笑看

求索

东方自然风弟子班四期于光伟

佳人慕高义
扶云上九霄
志在青天外
不为尘事扰

花材 Flower & Green
文心兰、补血草、芒萁、芦荀草、
春羽叶、枯藤、细山藤

瓶器 Container
亮釉靛青白底深棕瓷瓶

宝贝

东方自然风弟子班一期朱晓红

珍珠
在成为至宝之前
是贝的泪
沉香
在成为至宝之前
是木的疮
世人捧出的宝贝
总有暗暗的忧伤
你想成为宝贝之前
可有怎样的思量

花材 Flower & Green
千代兰、波斯顿蕨、芦筍草、阿波银线蕨、细枯藤

瓶器 Container
亮釉泼墨风宝蓝陶瓷瓶

遐思

花材 Flower & Green

花毛茛、清香木、常春藤、细山藤

瓶器 Container

深棕仿树皮陶瓷盘

既然找到一个支点
就可以撬动地球
那么破开一扇空门
就可以超越光年
什么是不可能呢
当我看见你的时候
已是轮回几重天

别有洞天

花材 Flower & Green

文心兰、石竹梅、芒萁、文竹、傅氏蕨、
铁线蕨、狼尾蕨、枯木、细枯藤、黑沙

瓶器 Container

黑色长方木槽

看 就这一根枯朽的老干
别开生趣地
成了野草的乐园
这美景就在你的身边
不用你的眼
用你的心
去把它发现

云水谣

东方自然风研究室茚峰

吴歌恋着桨声的欸乃
一波一波递上了春水的浓情
像一封家书
层层叠叠裹藏了悠悠的乡情
展读竟不是一件容易的事
字字行行都勾起记忆
一重一重

花材 Flower & Green

文心兰、石竹梅、芒萁、芦荀草、
铁线蕨、纽扣蕨

瓶器 Container

碧波棕色双色螺旋直筒陶瓷瓶

愿你安好

东方自然风研究室 查道华

大地深深地睡了
风儿也乐得懒
鸟儿栖进了林间
雨露也跑去梦一番
只有日光还殷殷地照看
这夏日的午后
这午后的晴天

花材 Flower & Green

文心兰、石竹梅、芒萁、芦荀草、
铁线蕨

瓶器 Container

棕色浅肩瓷瓶

立体
构成系
率天真，任自由

还记得小的时候，我们是怎么玩耍的吗？几根毛线就是穿梭的航线，几个树棍就是停泊的小船，几块积木就是公主的城堡，几张纸片就是武士的铠甲……什么在我们手里都会变一番模样，都会有新的定义，我们是世界的缔造者，我们有自己的故事，自己的传奇经历！

什么时候我们开始接触到一个术语——立体构成，我们用铁筋做航道，我们用朽根做驳船，我们用亚克力做宫殿，我们用塑料、用玻璃、用树脂、用木料、用布匹……用一切我们可以拿到的材料，创作一切我们可以想到的造型，长驱直入，开天辟地，我们赫然发现，这竟是我们孩提时的游戏。

走进东方自然风的立体构成系，就走进了自由的穹宇，没有任何的束缚和限制，要的就是你保有一份"率天真，任自由"的勇气。所谓"内存一份真，外练一份功"：存真，就是存一份天真，就是要存一份孩子般的想象力，同一个素材要能有无穷变化，所有的架构都不只有一次的生命力；练功，就是练一份功底，就是要获得自由的创造力，无论什么样的想象都能及时准确地找到最适合的表现手法，不会让任何美妙的设计搁浅在摇篮里。你说，这有多神奇！

听，自由在召唤你……

造一个圆

就可以是日月

搭一个梁

就可以是屋脊

几杆修竹的樊篱

可以是世外桃源

也可以是监牢困地

任你 随心所欲

而我 则欣然地

乘着你的箭羽

穿越时空

遨游天际

花材 Flower & Green

重瓣非洲菊、迎春、南天竹、枯木、山石、枯枝、永生苔藓

瓶器 Container

枯木

立体
001

两小无猜

东方自然风研究室徐刚

谁用石头堆起了城堡
安置了儿时的小公主
谁在翘翘板的另一头
逗笑了儿时的小王子
谁和谁的欢乐开成了烂漫的花朵
谁和谁的心田唱着同一首乡歌

立体
002

生活

晨起暮落
日月如梭
春花秋实
四季如歌

花材 Flower & Green
蝴蝶兰、情人泪、迎春、枯木块、枯枝

瓶器 Container
黑色空心钢圈架构

立体
003

逐水流

花材 Flower & Green
蝴蝶兰、文竹、枯枝、细山藤

瓶器 Container
黑色空心钢圈架构

明月有意千江照
落花无意逐水流

立体 004

暮归

花材 Flower & Green
纽扣菊、枫叶、枯树皮、粗藤

瓶器 Container
黑色空心钢圈架构

落日浸余晖
彩霞满天飞
暑气晚来消
山歌伴暮归

立体 005

流云

花材 Flower & Green
紫荆枝、小枯木

瓶器 Container
黑色空心钢圈架构

流云在天边
撑起一方净土
峥嵘的往事
褪成单色的虹
没有变迁的痕迹
一瞬即永恒
守住虚无的浩淼
守住空灵

立体
006

梁祝

花材 Flower & Green
蝴蝶兰、小枯木、枯枝

瓶器 Container
黑色空心钢圈架构

一世缘
三生情
瘦骨难敌弄风
两颗心
生死共
彤云变幻
蝴蝶成殇

天籁

组合
就这样简单
一动一静
一丝一弦
弹拨不必烦指
吹奏哪费喉管
自在别有乐手
清风 明月 洞天

花材 Flower & Green

波斯菊、纽扣菊、蝴蝶兰、小枯木、枯树皮、粗藤、枯枝

瓶器 Container

黑色空心钢圈架构

枷锁

花材 Flower & Green
鹤望兰、女贞枝、锈铁链

瓶器 Container
U型锈钢段

沉重的
阻隔了空间
冰冷的
冻结了时间
自由
不顾一切地呐喊
麻木的灵魂
希冀
仅存一线

立体
009

秋日私语

不能让秋雨
落下遗憾
枯叶在做
最后的璀璨
阳光永远
叫人眷恋
瑟瑟秋风中
反复吟诵着
昨日的誓言

花材 Flower & Green
梧桐叶、细山藤、野果

瓶器 Container
黑色空心钢圈架构

立体
010

小天堂

池塘边芦苇荡
孩子们的小天堂
捉小虾 追鸳鸯
躲起猫猫
笑声竞回响

花材 Flower & Green

万代兰、水烛叶、火龙珠、小木棍、河石、枯枝、鲜苔藓、木段

瓶器 Container

黑色长方铁槽、黑色空心钢圈架

立体
011

凤凰涅槃

花材 Flower & Green
千代兰、火龙珠、小木棍、枯枝

瓶器 Container
黑色长方铁槽、黑色空心钢圈架构

火焰喷吐
火舌飞窜
照天地通明一片
前是因果
后是纪元
浴火重生
凤舞九天

风月无边

太空多浩瀚
风吹不进的庄严
光年多深邃
月照不进的永远
把盏谈笑的我们
在宇宙之巅
无边风月
道不尽风月无边

花材 Flower & Green

蝴蝶兰、小菊、唐菖蒲、
水烛叶、木片、小木棍

瓶器 Container

白色陶瓷小竹畔

立体
013

乡情

花材 Flower
文竹、鲜活枝条、地衣藓、细枯枝

瓶器 Container
黑色镂圆方木框

当年
故乡是记忆散落的片段
今朝
故乡是结网的谜团
他日
故乡是生机勃勃的璀璨

立体 014

星月传奇

花材 Flower & Green

单瓣棣棠花、重瓣棣棠花、雪柳、枯木、枯藤、细枯枝

瓶器 Container

黑色镂圆方木框

架一座桥
我可以走向你
传说不仅在故事里
只要你愿与我
共同演绎
不论白昼
不论黑夜
不问四季

立体
015

白月光

只为那一次凝望
情便在心底荡漾
柔软如发丝轻拂
撩动那眉眼慌张
莫笑少年痴狂
思念如勾
美梦如惘

花材 Flower & Green

铁线莲、文竹、蔷薇、青苹果竹芋

瓶器 Container

黑色镂圆方木框、黑色圆木板

立体
016

攀

抓住断壁的残垣
把锋刃当作支点
不曾颓缩的傲慢
让绝境也灿烂

花材 Flower & Green

迎春、文竹、蔷薇、芍药、枯木、细枯枝、细山藤

瓶器 Container

弧形亚克力架

立体 017

登高望远

雨后蓬山远
扶栏独登台
举目烟波渺
青鸟共徘徊

花材 Flower & Green

洋桔梗、水烛叶、
文竹、蔷薇、铁线莲

瓶器 Container

黑色陶瓷圆盘

立体 018

小家碧玉

淡的眼
淡的脸
纯净的你
那一年
那一场
春雨迷离
不能忘
不曾忘
你的呼吸
在魂里
在梦里
小家碧玉

花材 Flower & Green

三色堇、棣棠花、小牛眼菊、牵牛藤蔓、蔷薇、铁线莲、细枯枝

瓶器 Container

黑色圆木板

青春不老

花材 Flower & Green
月季、蔷薇、梧桐枯叶、细枯藤、野果

瓶器 Container
黑色镂圆方木框

年华更替周而复始
不变的眼神锁住
秋水的泪痕
泛起涟漪
谁说过这一生这一世
誓言惊天动地
青春不老
红颜依旧

立体
020

愿

花材 Flower & Green

蝴蝶兰、文竹、细枯藤

瓶器 Container

黑色镂圆方木框

愿得一心人
白首不相离
红尘多纷扰
难遮明镜心

立体
021

不弃

屋脊的栋梁
即便朽断了
也不能丢弃
它的坚贞
让它有执拗的理由
创造 不一定
总在光鲜的地头
给它一个机会
神奇将成就不朽

花材 Flower & Green

凌霄花、文竹、阿波银线蕨、细枯枝

瓶器 Container

朽木段

立体
022

风雨同舟

花材 Flower & Green
千代兰、文竹、细枯藤

瓶器 Container
朽木段

多年以后
你是否还记得
曾风雨同舟的朋友
不经意的相逢
不经意的相守
风雨有尽时
情义无尽处

立体 023

趣

花材 Flower & Green

孔雀草、蔷薇、野果、细枯藤

瓶器 Container

老枯木

三五根纤蔓
支起一方天
俏皮的灯笼
挂在枝头
兀自欢乐
无名的小草
不甘示弱
站上船头
等待
大显身手的
时刻

立体
024

朽木逢春

石有三生
木有连理
万物有灵
天地动情
朽木开花
更传佳话

花材 Flower & Green

蔷薇、风铃草、文竹、蔷薇、尤加利、狼尾蕨、小灌木、何首乌、细枯枝

瓶器 Container

弧形亚克力组合枯木段

摇篮

花材 Flower & Green

波斯顿蕨、康乃馨腋芽、河石、梧桐叶、粗藤、鲜苔藓

瓶器 Container

黑色密胺长方形插花练习盘

谁搭起了帐篷
明媚而温暖
谁挂起了风铃
清脆而悠远

谁在摇篮里
睡态可掬
谁在梦里
拌着香甜

立体 026

鸿蒙

天地初开
上蒸下沉
万物伊始
蠢蠢欲动

花材 Flower & Green

文心兰、文竹、细山藤、枯枝

瓶器 Container

老枯木

027

朝夕

晨曦破开迷雾
问候了大地
炊烟送走落霞
告别了暮雨
天与地
朝与夕
谁和谁的相遇
风在动
云在变
什么样的结局

花材 Flower & Green
郁金香、文竹、阿波银线蕨、
铁线蕨、迎春枝、枯枝、干蒿草

瓶器 Container
朽木段

戏清风

花材 Flower & Green

铁线莲、枯枝

瓶器 Container

枯木段

谣歌随风轻送
送到画廊东
东窗烛影冥冥灭
灭到小灌丛
丛枝春装碧
碧浪穿流莺

柳浪闻莺

柳条卷着细浪
拂过西湖的波
娇莺不住地穿梭
唱着动听的歌
谁在苏堤上走着
三三两两
体态婀娜

花材 Flower & Green

蝴蝶兰、铁线莲、槟榔藤

瓶器 Container

尖脚长椭圆陶瓷盘

立体
030

画中仙

薄纱款款
倩影翩然
微微擎首
笑意浅浅
似动非动
亦真亦幻

花材 Flower & Green

牡丹、桃花、文竹、桃枝、枯枝

瓶器 Container

弧形亚克力架

立体
031

早春即景

枯枝还在风中
不住地萧瑟
解封的水面已
悄悄地
孕出新鲜的颜色
你看
那嫩嫩的萌萌的
可是谁的芳心落
昨日的故事
今天
可会圆满么

花材 Flower & Green
蔷薇、粉刺玫、细枯枝

瓶器 Container
长方形黑色铁盘

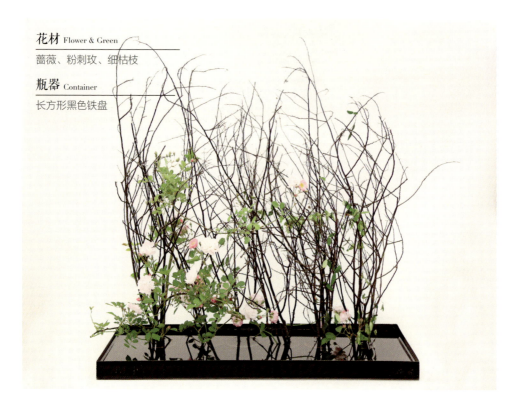

立体
032

致青春

花材 Flower & Green
月季、文心兰、茴香、蓬莱松、尤加利、蔷薇

瓶器 Container
长方形黑色铁盘

稚嫩有阳光关照
纤弱有大家结伴
手挽着手
肩并着肩
美好的青春
碧水蓝天

花材 Flower & Green

矮牵牛、细枯枝、细山藤

瓶器 Container

深棕陶瓷浅圆盘

立体
033

舞翩跹

不必费神思量
不用管乐华章
墙角水泽忽见
倩影舞姿成双

立体
034

待

送走离家的孩子
母亲的思念
便在渡口结了网
期盼在水下生根
泛在水面
犹如泡沫的光亮
哪一个能照见
孩子的模样
哪一个不是
母亲的泪光

花材 Flower & Green

矮牵牛、石竹梅、蕾丝、牵牛花藤蔓、蔷薇、枯枝、细枯藤

瓶器 Container

低温黑色陶瓷盆

图书在版编目（CIP）数据

花涧小拾 / 倪志翔, 贾军编著. －北京：中国林业出版社, 2016.7
（东方自然风插花系列）

ISBN 978-7-5038-8614-0

Ⅰ. ①花… Ⅱ. ①倪… ②贾… Ⅲ. ①插花－装饰美术
Ⅳ. ①J525.1

中国版本图书馆CIP数据核字(2016)第152409号

策划编辑：何增明　印芳
责任编辑：印芳

中国林业出版社·环境园林出版分社
出　版：中国林业出版社（100009 北京西城区刘海胡同 7 号）
电　话：010 － 83143565
发　行：中国林业出版社
印　刷：北京卡乐富印刷有限公司
版　次：2016 年 7 月第 1 版
印　次：2016 年 7 月第 1 次印刷
开　本：710 毫米 ×1000 毫米　1/16
印　张：13
字　数：450 千字
定　价：88.00 元